KB132032

저 청소일 하는데요?

조금 다르게 살아보니
생각보다 행복합니다

글 · 그림 김예지

21세기북스

프롤로그

보편적이지 않은 일을 선택하면서
많은 편견을 만났습니다.
그 편견은 타인이 만들어 준 것도 있었고,
저 스스로 만들었던 것도 있습니다.
좋고 싫음을 떠나 소수의 삶은 조금 외로웠습니다.
그렇지만 누가 보기에도 보편적이지 않은 '청소일'은
이내 저에게 보편적이지 않은 '삶'을 선물해줬습니다.
가끔은 익숙하지 않은 길로 돌아가 보는 것도 나쁘지 않겠다는 생각이 들었습니다.
조금 다르게 살아보니, 생각보다 행복합니다.
그래서 말인데 좀 다르면 안 되나요?

5

차
례

월·수·금 시간표

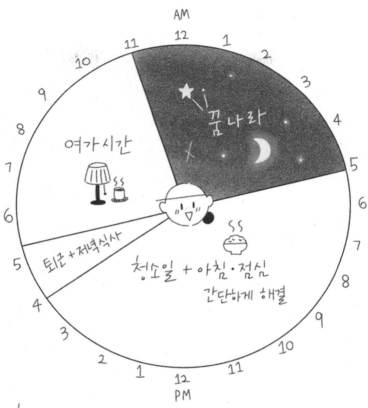

추가사항

✓ 화·토요일은 일을 하지 않아요.

✓ 목요일은 오전 일찍 일이 끝나요.

✓ 위 시간표는 유동적인데, 현재(2019. 1. 15)기준 시간표입니다.

계 02
절

봄

벚꽃도 피고

진달래도 피고

개나리도 피고

푸릇한
새싹들

신난당!
흔들어보세!

에취!

여름

가을

팔랑

팔랑

팔랑

랑

팔랑

팔랑

팔랑

✳ 다소 과장했습니다.

겨울

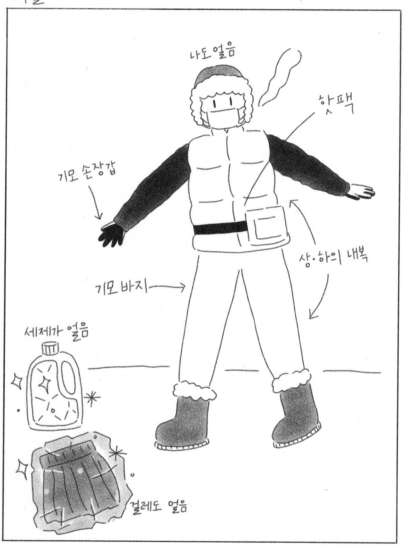

나도 얼음

핫팩

기모 손장갑

상·하의 내복

기모 바지

세제가 얼음

걸레도 얼음

03

그렇지만 어른인걸요?!

04

이 일을 하게 된 이유

다니던 회사를 나왔다.

여러 가지 이유가 있었지만

이유 중 하나인 '그림 그리기'를 하고 싶었다.

회사를 그만두고 포폴도 만들고,

학원도 다니고

이력서도 썼다.

떨어지고

또 떨어지고,

통장 잔고도 떨어지고.....

원하던 회사에 줄줄이 낙방해서 가고 싶은 곳이 없어졌고,

돈도 없어졌다.

24

05

가끔은 내가 제일 가혹하다

따라 해!

윽!

난 망했다!

06

그래서 나는 뭐 하는 사람일까?

괜찮은 척

35

그데 틀린 말 같진 않네

개 목걸이...

노
동
가

09

도망가고 싶은 마음

슬금 슬금

꿈을 꾸는 젊은이

꿈을 꾸는 젊은이 2

마
음
이

아
팠
다

13

응?

그래서 이 일을 하고 있다

엄마와 청소 일을 시작했다.

깔끔이 청소
since 2014

지금도 여전히 하고 있다.

~ing

처음은 단순히 생계 해결이었다.

돈이 보인당

하지만 이내 다른이들의 시선이 느껴졌다.

?

헤헤헤

??

시작한 후 친구들에게 말을 하려니

오랜만!!

예지는 요즘 취직은 잘 돼가?

부끄러움 같은 게 느껴졌다.

아?! 아!

나?

그렇다.

찰-칵!

대출 20대 여성이 선택할 직업은 아니었다.

(축) 졸 업

직업이 갖는 개념이 무엇인지 아니깐.

사회적위치	나의 가치
	안정되고 보람 있는 미래
꿈의 실현	

그래서 창피했던 거다.

난 그것을 얻지 못한 패배자

전 돈 벌라고 합니다만?

그렇지만 필요했다.

잡았당!

생계   그림

그런 점에선 완벽한 일이니깐.

15

그렇게 얻은 것들

내가 그렇게 궁금하니? ─

무슨 일 하세요? ㅣ

아!

18

무슨 일 하세요? 2

신기한 일 하시네요.

19

청소 일을 알려 주마!

사무실은 있지만 그곳으로 출근하진 않아요.

여러 세탁기를 두고
여러 명이서 사용하는 용도로
사무실을 써요.

이동은 차로합니다.
각각 일이 떨어져 있거든요.

결제는 각각 건물의 수금날 통장으로
입금돼요.

8.1 성형외과 ─ 입금
8.10 ○○테크 ─ 입금
8.11 (주)○○○○ ─ 입금
8.14 수학학원 ─ 입금
9.1 빌라A동 ─ 입금

밀리지 않고
입금해주신 사장님을
사랑합니다!

어느 정도 이해 되시나요?

너무 빨리
말했나─?

췍─

그럼
빠─이!

신
기
하
네
?

77

꽃 같은 새댁 21

직장동료

22

아자!

23

이
중
생
활

쏘 울 ㅣ 푸 드

아프지마요

26

엄마는 꿈이 뭐야?

누군가 나에게
무엇이 되고 싶냐고 물어본
그 말들이 생각이 되고
고민이 되어 지금의 내가
원하는 무엇이 된 걸까?
누군가 물어봐 주지 않았다면,
나도 엄마와 같았을까?

27

선택과 강요의 차이

나보고
어쩌라고!

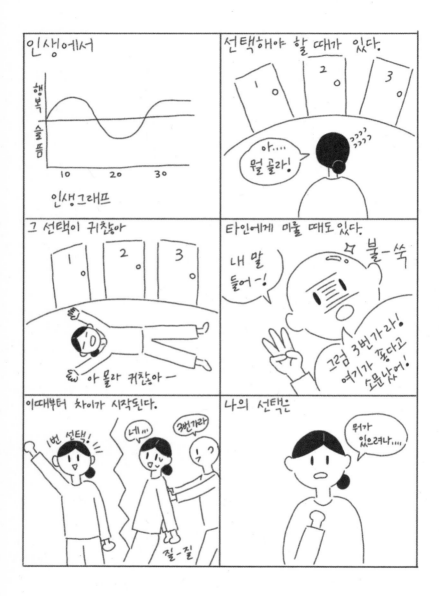

꿈과 직업의 상관관계

꿈 ≠ 직업

우리는 꿈을 가질 때부터,

꿈을 이룬다는 것은,

어렸을 적부터
배우가 꿈이었죠.

연기자 땡땡이 씨

어떠한 직업에서 성공을 이룬다는 뜻과
일맥상통하다고 배운다.

성공한 CEO의
인생강의
신청 기간 2.8 - 12일

그러나 사전에 나온 꿈의 뜻은 이렇다.

꿈¹ ★★★ ▥⊞

[명사]
1. 잠자는 동안에 깨어있을 때와 마찬가지로
   여러 가지 사물을 보고 듣는 정신 현상
2. 실현하고 싶은 희망이나 이상
3. 실현될 가능성이 아주 적거나 전혀 없는
   헛된 기대나 생각

1. 잠자는 동안에 깨어 있을

✓ 2. 실현하고 싶은 희망이나 이상☆

3. 실현될 가능성이 아주 적거

실현하고 싶은 희망이나 이상은
가끔 정확한 명사를 요구한다.

이상

우리에게
육신을 달라!

희망

선명하진 않지만 건강한 삶이 꿈이라도,

분명 사전의 의미로 실현하고자 하는 이상과 희망이니까 꿈은 꿈이다.

그런데

라고 물어보는 이가 있다.

해석해보면 이렇지 않을까?

이 말은 정확히 어렸을적 학습의 결과 인 것 같다.

원하는 직업을 가지는 것도 멋진 일이지만, 생계를 담당한다든지

안정을 담당하고 있는 직업이라도

가치 있는 노동이란 건 변함이 없다.

꿈의 카테고리 안에 작은 부분일 뿐

다른 부분들로도 꿈은 충분히 채워질 수 있다.

당신의 꿈은 무엇인가요?

29

하면 즐거운 것   흥미로움

잘하고 싶은 것   하고 싶은 것

그러다 보니 생각하게 되고,

그렇게 내 꿈이 뭘까?

그 생각 속에는 많은 요소들이 들어 가기 시작했다.

장래가 밝은가?

재밌나? 수입은? 흥미로운가?

지속가능한가? 취업은 될까?

아....

단순하던 내 꿈은,

예지 공주님 됐어! 짠! 꺄!

자라나는 나와 함께 구체적으로 자랐고

영양사가 취직이 잘 된다해서 해보고 싶어.

이때 형편상 미술학원을 다니지 못했다.

시시때때로 변하기도 했다.

건축도 배워보고 싶은 걸...?

그래서?

!

?

응?

나
자
신
의
위
로

그래도 꾸준히 실천했다

열심히
터 가봅시다.

글로벌 고민

남의 시선을 어떻게 이기나요?

34

돈으로 살 수 없는 감정들

왜 만족이 되지 않을까 생각하니

내가 배부른 소리 하는 걸까?

반복적인 노동은 다람쥐 쳇바퀴 같았고,

헉! 헉!

그 노동의 근원인 그림이 자리를 잡지 못하니

헉헉

내가 왜 이러고 있었지?

목적 없는 레이스를 하는 기분이었다.

그림으론 생계가 어려우니 청소 일을 시작했는데,

잘해봅세!

오로지 생계만 눈앞에 남은 거지.

어디 갔지?

35

당신에게 배웠다 —

당신이 보여준 이 행동들은

잘 자라라

다 자란 나에게도 큰 자양분이 됐다.

아니.....
물 말고.....

어푸
어푸

살려줘!

미래의 부모가 된다면,

엄마 만큼만 해내고 싶다.

아이쿠
잘한다!

믿어주고, 깎아내리지 않고,
같이 기뻐해 주고.

그것들을 나는 배웠다.

당신에게 배웠다

2

불투명에 가까운

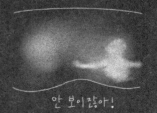

안 보이잖아!

선
택
의

기
로

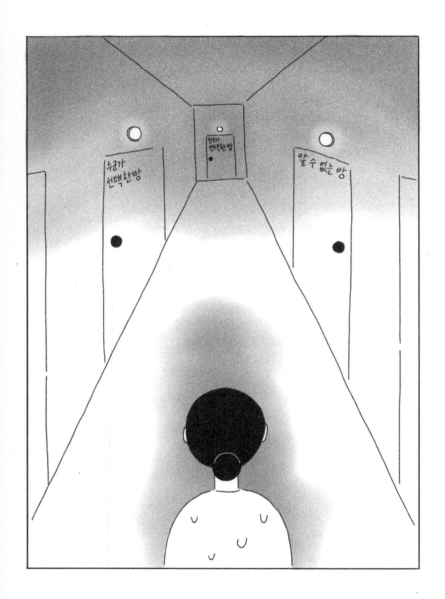

140

우리는 다 다르게 살아간다

39

40

고민을 비교하지 마

41

떠
ㅁㅇ
하ㅁ
의 힘
—

153

42

엄마의
힘
2

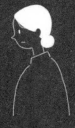

왈 43
ㅡ
칵

흑 흑 흑

분리수거 세상 ㅡ

44

분리수거 세상 2

부처의 미쏘

벌이는 좀 괜찮나요?

46

강연이 끝나고 그 친구 책에 사인하며 적어줬다.

To. ○○ 학생♥
연봉은 비-밀
커서 꼭 부자되세용-!

이렇게 내가 받는 돈,

으-쌰!

₩

즉 정확한 수입을 궁금해한다.

?   ?
얼마가
들었을까?

₩

여러분 잘 들으세요!

청소 일은 자기가
얼마나 일을 하느냐에 따라
수입이 매우 달라져요.

400   500
A   B

제가 왜 4년 넘게
이 일을 하겠어요?

1 2 3 4

비
염
인
가
?

47

병원 가보아겠다.

디
스
전

feat.

돈 떼먹은 당신

드롭 더
비트!

$

부부가 가진 건물을 청소한 적이 있다.

잘 부탁드려요!

총 4층의 상가건물이었다.

골프존

여행사

중국집

아내는 까다로웠고,

화장실 타일 틈새 잘 닦아주세요.

계단 난간 안쪽도

주차장 구석,,,

남편은 항상 청소비 입금을 미뤘다.

사장님 또 돈이 밀렸네요.

아! 깜빡했네!

절대 사과 안 함

조금은 피곤한 건물이었다.

또 돈이 안 들어왔어,,,

내가 말했는데,,,

하지만 소반이어서 함부로 그만둘 수 없었다.

그래도 어쩔수 없지,,

그러다 1년쯤 됐을 때

깔끔이청소 기록 일지

월	1	2	3	4	5	6	7	8	9	10	11	12

아ᇚ, 이제 그만하셔도 돼요.

하고 그만두었는데,

넵, 그동안 감사했어요.

버릇이 어디 가나요.

돈이 아직도 안 들어오네ᇚᇚ

청소비기록부

두 달 치 청소비가 계속 들어오지 않았다.

XX건물 청소비

8	9	10	11	12
10/2 140,-	X	11/1 280,-	X	X

우리는 처음 겪는 일이었고,

전화해볼까?

찾아가 볼까?

어른의 단어 3종 SET ⁴⁹

내가 생각한 어른은

어른

자신의 행동에 자신감과 믿음이
있으며,

SKY캐슬
김주영

어머니
저를 믿으셔야 합니다.

독립적으로 해나갈 수 있는 사람이라 생각한다.

가자!
밝은 미래로!

책을 선택한 진짜 이유

50

노력을 하려하니,

또 뭘 해볼까?

노력하는 방법조차 모르겠는걸.

하... 인생...

그러다 '독립출판'이 떠올랐다.

독립출판 책

일단 만들어서 어디라도 내보인다면

좋은데?

독립출판 책

지금보단 더 잘 보이겠지?

자! 읽어보시오!

내책

그리고 무엇보다 얘기하고 싶었다.

그리고 들어봐 - 리쓴!

단편적인 그림 한 장 말고

만화 구성으로 상세히

지금 나의 이야기들을.

그리고 공유하고 싶었다.

나처럼 헤매는 사람들과 함께

나는 이렇게 헤매고 있는데 당신은 어떠한지 나누고 싶었다.

그래서 허접한 책을 세상에 내 놓았고 | 그 선택은 꽤나 흥미로웠다.

나를 알리는 방법으로도,

내 이야기를 공유하는 방법으로도

책을 낸 궁극적 목표는 어느 정도 충족됐다. | 그리고 또 내고 싶어졌다.

51

인생은 한 치 앞도 모른다

이런 것을
그려도
되려나?

52

사
람
의

마
음
이
란

메
일
이

53

왔
다

저의 고민과 너무 닮아
메일을 보는 내내 마음이 아팠어요.
그런 아무개 씨가 제 책을 보고
힘을 얻었다는 말에,
저 또한 힘이 났습니다.
아무개 씨 감사합니다.

울쩍

내가 그렇게 궁금하니? 2

기억에 남는 질문들

여러 질문을 받았다.

질문 궁금증

? ?? Q.

그중 기억에 남았던 질문들.

쏙!

인터뷰를 했을 때

딴지일보
'박지애'기자님

안녕하세요.

기자님의 질문 중 하나였다.

청소 일하며
마주친 사람들이
어떻게 생각해주길
바라나요?

그러게
뭐라고 생각하면
좋을까??

흠...

그저 성실히
자신의 일을
하는 사람으로
봐주길—

그 외에도 많은 질문들이 있었다.

그 질문들도 모두 다 고맙고 소중해요.

그중 가장 들려주고 싶은 대답을 말한 것!

결론적으로,

나는 평범한 노동자이며,

평범한 내담자였다.

어른이 된 것 같아

책을 판 이후

책 수입금이 들어왔다.

청소 일이나 회사를 다닐 때도 물론 내가 벌었지만,

월급에서 일정량 용돈을 받아썼다.

돈은 벌지만 학생인 기분이 들기도 했다.

그런데 태어나서 처음으로

작업실이 생겼다

215

장래
희
망

번
쩍

저는 아직 하고 있어요

ing....

안정감을 주는 직업이다.

다음 독립 서적은 어떤 종이를 써볼까?

그렇기 때문에

수입이 안정적이라 선택의 폭이 넓어 좋다ー!

여전히 나는 청소 일을 하고 있고,

ing.....

어떠한 안정장치를 가질 때까진

이젠 내가 책임지마!

계속해서 이어나갈 것이다.

일은 계속하고 계시나요?

청소 일은 소중한 나의 직업이랍니다.

네!

에필로그

인생에 "희로애락"이 있듯이,
제 만화에도 저의 "희로애락"이 고스란히 담겨 있답니다.
다르다는 게 가끔은 행복하지만, 또한 맞는 것일까?
고민하는 순간들도 많았어요.
정답이 없는 세상이니까
정답이 없어서, 맞는지 알 순 없지만.
주관식 문제에 문장으로 답을 적어가듯
저만의 방식으로 살아가는 방법을 터득해 나가고 있어요.
저 뿐만 아니라 이 책을 읽는 당신도,
주관식 문제 앞에서 정정당당히
자신의 언어로 말하며 살 수 있기를 바랍니다.
또한 당신에게 책 속에 있던 시간이
작은 위로와 공감이었기를 바랍니다.
우리 모두 행복하고 건강하게 잘 살아보도록 해요!
읽어주셔서 감사드립니다.

KI신서 8002

저 청소일 하는데요?

1판 1쇄 발행 2019년 2월 7일
1판 20쇄 발행 2024년 5월 13일

글·그림 김예지
펴낸이 김영곤   펴낸곳 (주)북이십일 21세기북스

인문기획팀장 양으녕   인문기획팀 이지연 정민기 서진교 노재은 김주현
디자인 elephantswimming
출판마케팅영업본부장 한충희
출판영업팀 최명열 김다운 김도연 권채영
마케팅1팀 남정한 한경화 김신우 강효원
마케팅2팀 나은경 정유진 백다희 이민재
제작팀 이영민 권경민

출판등록 2000년 5월 6일 제406-2003-061호
주소 (10881) 경기도 파주시 회동길 201 (문발동)
대표전화 031-955-2100 팩스 031-955-2151   이메일 book21@book21.co.kr

(주)북이십일 경계를 허무는 콘텐츠 리더
21세기북스 채널에서 도서 정보와 다양한 영상자료, 이벤트를 만나세요!

페이스북 facebook.com/jiinpill21   **포스트** post.naver.com/21c_editors
인스타그램 instagram.com/jiinpill21   **홈페이지** www.book21.com
유튜브 www.youtube.com/book21pub

당신 일상을 빛내줄 **탐**나는 **탐**구 생활 <탐탐>
21세기북스 채널에서 취미생활자들을 위한 유익한 정보를 만나보세요!

© 김예지, 2019

ISBN 978-89-509-7959-1 03810

책값은 뒤표지에 있습니다.
이 책 내용의 일부 또는 전부를 재사용하려면 반드시 (주)북이십일의 동의를 얻어야 합니다.
잘못 만들어진 책은 구입하신 서점에서 교환해드립니다.